El lazo invisible

Patrice Karst Ilustrado por Joanne Lew-Vriethoff

astronave

 Astronave es un sello de Norma Editorial

EL LAZO INVISIBLE, de Patrice Karst
Título original: *The Invisible String*
Primera edición: marzo de 2019

© Patrice Karst por el texto
© Joanne Lew-Vriethoff por las ilustraciones
© 2019, Norma Editorial S.A.
Publicado por acuerdo con Little Brown for Young Readers,
parte de Hachette Book Group, Inc., Nueva York, Estados Unidos.
Todos los derechos reservados.

Editorial Astronave
Passeig de Sant Joan, 7 – 08010 Barcelona
Tel.: 93 303 68 20 – Fax: 93 303 68 31
info@editorialastronave.com

Traducción: Xisca Mas
Rotulación: Araceli Ramos

ISBN: 978-84-679-3419-9
Depósito legal: B 25594-2018
Impreso en China.

Facebook: EditorialAstronave
Instagram: @EditorialAstronave
Twitter: @EdAstronave
www.EditorialAstronave.com

Servicio de venta por correo: Tel.: 932 448 125
correo@editorialastronave.com - www.editorialastronave.com/correo

A todos los niños del mundo
y a la magia de sus lazos...

Era una noche tranquila, y los gemelos Lisa y Leo dormían profundamente.

De pronto empezó a diluviar, y los truenos rugían tan fuerte que los despertaron.

—¡Mami, mami! —gritaban, mientras corrían hacia ella despavoridos.

—¡No os preocupéis, queridos! Es solo una tormenta, volved a la cama.

—Queremos quedarnos contigo —suplicó Leo—, tenemos miedo.

Mamá dijo: —Sabed que siempre estamos juntos, pase lo que pase.

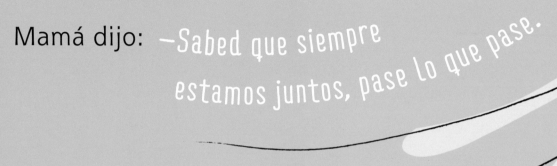

—Pero ¿cómo podemos estar juntos si tú estás aquí y nosotros en la cama? —preguntó Lisa.

Mamá cogió algo que estaba delante de ella y dijo:

—Se hace así.

Los gemelos se frotaron los ojos y se acercaron para ver qué era lo que sujetaba.

—Debía de tener vuestra edad la primera vez que mi mamá me habló del LAZO INVISIBLE.

—No veo ningún lazo —protestó Leo.

—No hace falta que lo veas. La gente que se quiere siempre está conectada

por un lazo muy especial, hecho de amor.

—Pero ¿cómo sabes que está ahí si no puedes verlo? —se extrañó Lisa.

—Aunque no podamos verlo, el corazón lo siente y sabemos que siempre

estaremos conectados a quienes amamos.

–Cuando estáis en el cole y me echáis de menos, vuestro amor viaja a lo largo del lazo hasta que noto que tira de mi corazón.

–Y cuando tiras tú, nuestro corazón lo nota –dijo Leo.

–Jasper, el gatito, ¿también tiene un lazo invisible?
–preguntó Lisa.

–Seguro que sí –respondió mamá.

–¿Y las mejores amigas como Lucy y yo?
–preguntó Lisa.

–Las mejores amigas también.

–¿Hasta dónde puede llegar el lazo?

—Hasta cualquier lugar, donde tú quieras —aseguró mamá.

–¿Me llegaría aunque fuera el capitán de un submarino en las profundidades del océano? –preguntó Leo.

—Sí —dijo mamá—, allí también.

–¿Y si fuera un explorador de la selva?

—Allí también.

–¿Y un astronauta en el espacio exterior?

—Sí, allí también.

Entonces Leo preguntó despacito:
–¿Mi lazo puede llegar hasta donde está
tío Luis en el cielo?

—Sí, allí también.

–¿El lazo se rompe cuando te enfadas con nosotros?

—Nunca —dijo mamá—, el amor es más poderoso
que la ira y mientras haya amor en vuestro corazón

el lazo seguirá allí.

—Aun cuando seáis mayores y no os pongáis
de acuerdo en qué película queréis ver...

... o en quién se sienta delante...

... o en cuándo os vais a la cama.

¡Oh, cierto, deberíais estar en la cama!

Y todos se echaron a reír mientras mamá
los perseguía para llevarlos a la cama.

En pocos minutos ya dormían, aunque la tormenta seguía haciendo un ruido tremendo allá fuera.

Mientras dormían soñaron con todos
los lazos invisibles que tenían,

y todos los lazos que tenían sus amigos,

y sus amigos,

y sus amigos.

... que nadie está solo.

UNAS PALABRAS DE LA AUTORA

Mi querido lector:

Es un honor poder contarte la historia de cómo cobró vida este libro. *El lazo invisible* nació en 1996, cuando era una madre soltera trabajadora. Cada mañana, cuando dejaba a mi hijo Elijah en la guardería, lloraba tanto que se me rompía el alma. Entonces le expliqué algo que para mí era obvio: que un lazo invisible hecho de amor nos mantenía siempre conectados. De hecho, no solo nos mantenía conectados durante todo el día, sino para siempre, ¡pasara lo que pasara!

Voilà! En cuanto supo lo del lazo, su ansiedad desapareció, se le iluminó la cara, maravillado, y las lágrimas se secaron. Esta historia le dio una tranquilidad enorme tanto a él como a sus amigos, que también suplicaban que se la contara, al darse cuenta de que no volverían a estar solos porque el lazo invisible no solo nos conecta con nuestros seres queridos, sino con el mundo entero.

Al ver la reacción que *El lazo invisible* provocaba en esos niños, supe que tenía que «contársela a los otros». Quedé con un editor independiente para ver si le interesaba, y lanzó la edición original en tapa dura en el año 2000. Poco a poco empecé a recibir cartas extraordinariamente conmovedoras de lectores que me explicaban cómo *El lazo invisible* les había influido a ellos y a las personas con las que habían compartido el libro. Mi corazón rebosaba de felicidad.

Hace algunos años viví el comienzo del fenómeno. *El lazo invisible* empezó a moverse, después a correr, y lo siguiente que supe es que había despegado hasta dispararse y convertirse en un *bestseller*. A los innumerables testimonios de los lectores se sumaron los de escuelas, grupos de duelo, psicólogos, militares, hospitales, monitores de campamentos, terapeutas, asilos, funerarias, organismos de acogida y de adopción, abogados especialistas en divorcios, cárceles, y escuelas para padres, que me contaban cómo utilizaban *El lazo invisible* para guiar, reconfortar y curar. Además de ayudar a niños y adultos a sobrellevar cualquier tipo de pérdida o separación, los lectores me decían que lo que les gustaba era la forma en que ayudaba a comprender, de manera tangible, un concepto abstracto como el amor. A los amantes de la ciencia les digo que se trata de una «Teoría de cuerdas simplificada». Incluso los adultos se regalan el libro en cumpleaños, fiestas y despedidas de familiares, así como amigos y parejas cuando quieren expresar su amor. Nadie es demasiado joven o viejo para descubrir sus lazos invisibles.

Aunque solo hay una página en el libro que hace referencia a la muerte, ha sido asombroso ver cómo se ha utilizado esta historia para enfrentarse al duelo. La palabra «cielo» no se refiere a ninguna religión, mis lectores provienen de distintos ámbitos, credos y caminos espirituales. Esta palabra, para muchos, significa «el otro lado» o «el más allá» o el misterio inexplicable de la desaparición permanente del cuerpo. Para los que no se sienten cómodos con esa palabra, se puede sustituir fácilmente por cualquier frase que sea más adecuada para cada familia, y también puede ser un punto de partida para nuevos debates. Recuerda que no hay nada más sanador para un niño que el poder hablar sobre las cosas si las preguntas surgen.

Vivimos en tiempos, como poco, agitados. Y lo que afecta a uno nos afecta a todos. Una de mis mayores esperanzas es que los grandes líderes mundiales se den cuenta de que todos formamos parte de una gran familia. Sé que es posible porque el amor es algo muy poderoso y los lazos invisibles son reales. Trascienden el espacio y el tiempo, y alcanzan a todo el planeta y más allá. Allí donde se cruzan todos nuestros lazos invisibles se forma una «red mundial» que construye un espacio colectivo que nos mantiene unidos. Cuanto más amor, más lazos invisibles, y cuantos más lazos, más fuerte es nuestra red invisible.

Mi idea es que llegue un día en el que todos los niños del planeta se sientan reconfortados al saber que existen los lazos invisibles. Un solo corazón. Creo que pronto llegará el día en que nos daremos cuenta. Y para conseguirlo, si sientes la fuerza de tus lazos invisibles, por favor, ¡cuéntalo!

Dondequiera que este libro te encuentre, te mando mucho amor con todo mi corazón y todo mi ser desde la punta de mi lazo invisible...

Patrice Karst

AGRADECIMIENTOS

A los que habéis ayudado a difundir el mensaje de *El lazo invisible* –demasiados para poder nombraros–, todos formáis parte de este fenómeno de amor extendido por el mundo, de corazón en corazón.

A todos los que quiero y recorren el planeta junto a mí, hacéis que todo merezca la pena. ¡Y nuestros lazos nos unirán para siempre!

A mis extraordinarias agentes Michelle Zeitlin y Jane Cowen Hamilton de More Zap Literary, fuisteis la respuesta a todas mis plegarias. Gracias infinitas por aparecer.

A Andrea Spooner y a todo el equipo de Little Brown Books for Young Readers, gracias por permitir que el amor de *El lazo invisible* tejiera su magia a vuestro alrededor y por introducir esos lazos maravillosos en el panorama mundial.

A mi fantástica ilustradora, Joanne Lew-Vriethoff, por el regalo de su arte capaz de reproducir el mensaje de mis palabras en un paisaje visual fascinante. La primera vez que vi tu trabajo, lloré.

A mi hijo Elijah, el otro extremo de mi lazo más importante, gracias por todo lo que eres y por enseñarme todo lo que soy. Tu madre te quiere de una forma que no puede explicarse.

A la niña que llevo dentro, por creer en el amor por encima de todo y por ser tan, tan valiente.

A Coco, el perro salchicha mágico, por ser el mejor antidepresivo de cuatro patas.

A cada uno de los grupos, clubs, campamentos y organismos maravillosos que han ayudado a difundir *El lazo invisible*, y a todos los padres, cuidadores, profesores, terapeutas y monitores, gracias por no olvidar que el amor siempre es lo primero y el resto va detrás… Gracias a vosotros el mundo está descubriendo sus propios lazos invisibles.

A los gobernantes de todo el planeta, por favor, lean este libro y actúen en consecuencia. Quizá necesiten un libro para niños para darse cuenta de que todos estamos conectados. Somos UNO, y ya es hora de curar nuestro planeta.

A Dios, por TODO… Al amor y sus lazos… A ti.

Patrice Karst